B. LEBRETON

Quatre Hommes et un Caporal

FANTAISIE MILITAIRE EN UN ACTE

Représentée pour la première fois au Concert de l'Époque
le 1er novembre 1901.

5 H. 3 F

Visa du 24 Octobre 1901.

PARIS
C. JOUBERT, Éditeur, 25, rue d'Hauteville.

SOCIÉTÉ LYRIQUE

Anciennes Maisons BRANDUS & JOUBERT réunies

C. JOUBERT, Successeur

ÉDITEUR DE MUSIQUE

PARIS. — 25, Rue d'Hauteville, 25. — PARIS

RÉPERTOIRE

DES OUVRAGES DE CONCERT EN UN ACTE

ABRÉVIATIONS : **D.** Veut dire du répertoire de la Société Dramatique, 8, rue Hippolyte Lebas. — Le surplus appartient au répertoire de la Société Lyrique, 10, rue Chaptal.

LOC. Veut dire : La musique n'est qu'en location et ne se vend pas.

Opérettes et Vaudevilles de Concert

AUTEURS	TITRES DES ŒUVRES	Hommes	Femmes	Prix nets
Saint-Maurice	Abricot (L') d	troupe	»	loc.
D. Campisiano	Absalon	2	1	6 »
Vallès-Garnier	Affaire Cœurdeveau (L')	5	1	loc.
St-Paul-G. Rose fils	Agence est au-dessus (L')	3	3	
F. Bernicat	Agence Rabourdin (L')	1	1	5 »
Moreau	Ah ! c'te Veine d	7	7	loc.
Japy	A huitaine	troupe	»	5 »
C. Roland	Aiguilleur (L') d	1	1	loc.
Lebreton-Bouyet	A la légion étrangère d	troupe	»	loc.
L. Bouvet	Ami Chambardel (L')	3	1	loc.
Bessière-Ruffier	Ami Vandière (L') d	7	6	loc.
Lebreton	Amour à coups de poings (L')	2	2	loc.
Lebreton-St-Paul	Amour en dentelles (L')	2	2	loc.
G. Street	Amour en livrée (L')	3	1	5 »
Desormes	Amour et l'appétit (L')	1	1	4 »
Vallès-Garnier	Amour et sauvetage	3	2	loc.
A. Petit	Amoureux d'Yvonne (Les) d	5	3	loc.
V. Roger	Amour Quinze-Vingt (L')	3	1	4 »
Bottin, Boulay-Layrice	Amours d'un piston (Les)	8	2	loc.
Desormes	Antoine et Cléopâtre d	2	1	4 »
Bessier-Moreau	Aphrodites (Les) d	4	8	loc.
Dorfeuil-Moreau	Après la vie de Bohême d	troupe	»	loc.
L. Bouvet	A propos de bottes	2	»	loc.
J. Emmecé	A qui le gosse ?	troupe	»	loc.
Monnery-Marien	Argot tel qu'on le parle (L)	5	3	loc.
M. Chantagne	Arracheuse de dents (L')	2	1	4 »
Dourel, Roydel, Benjardin	Artistes pour rire d	6	4	loc.
Géraldy	Ascension du Mont-Blanc (L')	1	1	4 »
L. Martin-Duhem	Auberge du Tambour battant (L')	2	2	loc.
Oudot-de Gorsse	Au Chat qui pelote d	troupe	»	loc.
Banès	Au Coq huppé	3	2	5 »
Uzès	Au soleil d'or d	3	2	6 »
Lebreton-Moreau	Au temps des cerises d	5	3	loc.
Guérineau	Auteur par amour	1	2	5 »
Lebreton-Moreau	Autour d'une guérite d	3	2	loc.
Henry Moreau	Avant le bal	1	1	3 »
Colange, Garofale, Combret	Baba Bouzouck d	5	6	loc.
De Marsan	Babolin	3	2	loc.
Deransart	Baigneur et nageuse	1	1	3 »
Autigeon, Dourel-Roydel	Baigneuses de Cocotteville (Les)	5	9	loc.
Moreau-Rivaux	Balayeur de chez Maxim's (Le) d	7	8	loc.
Rose fils et Ryvez	Banquier malgré lui	3	3	loc.
Leserre	Barbe-Bleue	1	»	2 »
Ratcée-Tranchant	Bataillon Desroches (Le) d	10	10	loc.
Autigeon-Despiau	Battage (Le)	2	1	loc.
A. Moyne	Béguin d	2	1	loc.
Mestre-Aubry	Belle Dinde (La)	9	11	loc.
Lebreton-St-Paul	Belle-mère est sans pitié (La)	2	2	loc.
Moreau-Touzé	Belle-mère, nouveau jeu	1	3	loc.
Wachs	Bibi ou l'Enfant de l'Amour	1	1	4 »
Cellier-Joullot	Boudoir discret	2	1	loc.
Moreau-Gramet	Bougnol et Bougnol	4	2	loc.
Villebichot	Boum ! Servez chaud	3	2	4 »
Hubans	Brelan de bègues	2	4	5 »
F. Bernicat	Cadets de Gascogne	troupe	—	7 »
Banès	Cadiguette (La)	1	1	5 »
Lebreton	Caïn	3	2	loc.
Javelot	Calino amoureux	2	1	3 »
Lebreton et Soudant	Camelots (Les)	6	5	loc.
Chevalet-Audray	Canne d'un grand homme (La) d	2	2	loc.

AUTEURS	TITRES DES ŒUVRES	Hommes	Femmes	Prix nets
Lebreton-Moreau	Ça porte bonheur	5	3	loc.
V. Herpin	Capricorne (Le)	troupe	»	loc.
F. Barbier	Carmagnole (La)	3	3	5 »
Lebreton-Moreau	Carnaval conjugal (Le) d	9	9	loc.
A. Berthon	Carnaval des 4 z'arts	6	2	loc.
Levavasseur	Carte de visite	3	3	loc.
Autigeon-Despiau	Cascadin et Cie	6	5	loc.
Chabaud, Colange, Tranchant	Ce pauvre Bobinet	2	1	loc.
De Marsan	Ce Sacré Narcisse	4	4	loc.
E. Soudant	Ces canailles de couturières ! d	6	6	loc.
Chelu	Chambre à louer	1	1	2 »
Cuvillier	Chambre à part d	4	2	loc.
Henry-Moreau	Chambre de bonne d	3	2	loc.
V. Roger	Chanson des Écus (La)	3	1	4 »
P. Henrion	Chanteuse par amour (La) d	»	1	6 »
E. André	Chaos (Le)	1	1	[illegible]
Moreau-Boucherat	Chasse royale d	troupe	»	loc.
Lebreton-Moreau	Chasseurs Alpins (Les) d	6	3	loc.
Gieulat	Chaste Suzanne (La) d	troupe	»	4 »
H. Gilbert	Chaste Suzanne	[illegible]	[illegible]	[illegible]
Yvel	Chéri des Dames	troupe		loc.
Dourel, Roydel, L. René	Chevalier Tric-Trac (Le)	2	3	loc.
Dourel-Roydel	Chez la Costumière d	troupe	»	loc.
Meynard	Chez le dentiste	3	1	3 »
Lhuillier	Chez les Corniquet	1	»	[illegible]
C. Rosenquest	Chicard et Bébé	1	1	4 »
Bomier	Chien et Chat d	4	1	5 »
Boulay-Layrice	Choc en retour d	2	2	loc.
Moreau-Gramet	Cinq contre un	3	3	loc.
E. Brasseur-L.T.	Circulaire du Préfet (La)	6	2	loc.
Villebichot	Cirque Ponger's (Le)	troupe	»	5 »
L. Bouvet	Clémence d'Auguste (La)	2	3	loc.
Bessière	Clou (Le)	2	2	loc.
L. Collin	Coco Bel-Œil	3	1	5 »
A. Petit	Cocotte et chiffonnier	1	1	[illegible]
L. Bouvet	Codicille (Le)	[illegible]	[illegible]	loc.
Villemer, Delormel, Péricaud	Colosse de Rhodes (Le)	3	»	[illegible]
A. Petit	Confections pour dames	2	4	loc.
L. Bouvet-Schmoll	Congrès des Cocottes (Le)	5	7	[illegible]
Lebreton-Moreau	Conscrits bretons (Les) d	7	5	loc.
L. Collin	Conscrit tyrolien (Le)	1	1	3 »
E. Brasseur	Constat d'adultère d	6	3	3 »
Habrekorn et P. Marc	Contes de Piron (Les)	2	10	loc.
Lebreton-Moreau	Contrôleur des Wagons-Bars (Le)	5	3	loc.
Ryvez	Cordon s'il vous plaît	3	3	loc.
Lebreton-Moreau	Côte et Cocottes	4	4	3 »
C. Roland	Courroie (La)	2	1	loc.
J. Darc et G. Habrekorn	Course aux pantalons (La) d	6	6	loc.
Habrekorn	Couturière est au-dessus (La)	2	5	loc.
Guillemaud-de Marsan	Culotte à l'envers (La) d	15	10	loc.
De Roza et d'Arsay	Culotte du marié (scène) (La)	1	»	3 »
Saint-Paul	Dame aux bluets (La)	2	2	loc.
Lebreton-Moreau	Dans cent ans d	troupe	»	loc.
Pierre Achard	Dans l'Escalier	2	1	loc.
Sourilas	Dégrafée d	3	3	5 »
Mestre-Aubry	Demoiselle des Martigues (La) d	3	10	loc.
Cellier-Gramet	Demoiselles Plumemboy (Les)	3	4	loc.
Marc Sonal-Pierre Laurey	Départ du régiment (Le) d	5	10	loc.
St-Paul-G. Rose fils	Dernière carotte (La)	3	2	loc.

B. LEBRETON

Quatre Hommes et un Caporal

FANTAISIE MILITAIRE EN UN ACTE

Représentée pour la première fois au CONCERT DE L'ÉPOQUE,

le 1er novembre 1901.

5 H. 3. F

VISA DU 24 OCTOBRE 1901.

PARIS

C. JOUBERT, Editeur, 25, rue d'Hauteville.

SOCIÉTÉ LYRIQUE

RÉPERTOIRE B. LEBRETON

Pièces en un Acte

Chez M. JOUBERT, Éditeur, 25, rue d'Hauteville, 25, PARIS

A LA SOCIÉTÉ DRAMATIQUE

Agence PELLERIN, 8, rue Hippolyte-Lebas.

Les Joies du Divorce............ 6 h. 7 f.
Gueule d'Or.................. 6 — 6 —
Enragés ....(avec J. Duroc) 4 — 4 —
Soir de Noce.................... 4 — 4 —
L'Entresol d'Eugène............ 4 — 6 —
Faut que j'casse la g... à Baptiste. 5 — 2 —
Hôtel d'Artistes................ 6 — 6 —
L'Hôtel de Noblepanne......... 4 — 4 —
L'Enfant des Halles (avec H. Moreau) 3 — 2 —
Autour d'une guérite....... — 3 — 2 —
Trio de troupiers.......... — 5 — 2 —
Les Farces du printemps... — 5 — 3 —
Les Volontaires de 92...... — 4 — 2 —
Friquet.................... — 7 — 5 —
Les Chasseurs alpins....... — 6 — 6 —
Les Treize jours d'un Parisien — 8 — 6 —
Les Amoureux d'Yvonne... — 4 — 2 —
Miss Kissmy............... — 5 — 3 —
Au Temps des Cerises...... — 5 — 3 —
La Petite Colonelle........ — 5 — 3 —
Nos Voisins............... — 6 — 6 —
Dans cent ans............. — 11 — 11 —
Carnaval conjugal......... — 9 — 9 —
La Fille du Marin.......... — 8 — 7 —
Les Trois Maçons......... — 4 — 2 —
L'Héritière des Carapattas.. — 8 — 8 —
Les Jocrisses du mariage.. — 6 — 6 —
Les Conscrits bretons...... — 7 — 5 —
Monsieur Sans-Gêne....... — 6 — 6 —
Le 13e Spahis............. — 8 — 9 —
Les Petites Ménichon...... — 8 — 10 —
Le Fils à Papa............ — 4 — 6 —
Les Vierges du Chahut..... — 5 — 10 —
La Petite Baronne......... — 6 — 9 —
Le Signe de Léda.......... — 8 — 8 —
Par la Gymnastique(avec A. Lambert) 2 — 2 —
Terre-Neuve. . . — 4 — 4 —
La Grenouille. (avec E. Blairat). 4 — 2 —
Une Consultation .... — 4 h. 8 f.
L'Homme pâle.............. — 4 — 2 —
Ninie la Rouquine........ — 5 — 3 —
Les Filles de la Cantinière (E. Sendant) 7 — 4 —
J'épouse ma bonne......... — 5 — 4 —
La Foire aux nichons (avec Talber) 7 — 7 —
La Frangine.... (avec Beissier) 7 — 6 —
Nos Marsouins. .... — 6 — 4 —
Les 3 Cousins (avec J. Lebreton) 5 — 3 —
A la Légion Étrangère (avec Bouvet) 6 — 3 —

A LA SOCIÉTÉ LYRIQUE

10, rue Chaptal.

Caïn. . . . . 3 — 2 —
L'Amour à coups de poings. . 2 — 2 —
Les Filles du Charcutier....... 3 — 3 —
La Revue à l'envers.......... 3 — 4 —
4 Hommes et un Caporal... .. 5 — 3 —
Le Petit Factionnaire......... 4 — 3 —
Un Mauvais Conscrit (avec Henry Moreau) 1 — 1 —
Les Noces d'or............ — 2 — 1 —
Cocote et Cocotte.......... — 4 — 4 —
La Vocation d'Isoline...... — 1 — 2 —
Le Frère de lait .... — 1 — 2 —
Nourrices et Troubades.... — 4 — 4 —
Soldat..................... — 5 — 5 —
Les Petits Zouzous......... — 8 — 8 —
Le Contrôleur des Wagons-Bars 5 — 3 —
Ça porte bonheur!......... — 5 — 3 —
Fils de Gouape............ — 4 — 4 —
Les Trois Gosses (avec de Téramond) 4 — 4 —
Le Serment du marin (avec E. Sendant) 4 — 2 —
Les Camelots. . . . . . — 6 — 5 —
Le Truc du Pharmacien (A. Lambert) 4 — 1 —
Le Piston de Clémentine (avec Beissier) 3 — 2 —
Le drapeau du Régiment (av. Bouvet) 5 — 3 —
Gontran se marie (avec Saint-Paul) 3 — 2 —
La Belle-Mère est sans pitié. — 2 — 2 —
Vingt-cinq minutes d'arrêt . — 2 — 2 —
Une Rosserie. . . . . — 2 — 2 —
Le Péril Jaune . . . . — 2 — 2 —
L'Amour en dentelles . — 2 — 2 —
Mlle le Docteur. . . . . — 3 — 2 —
Pour qui votait-on? . — 4 — 2 —
Les Singeries de l'amour. — 5 — 5 —

QUATRE HOMMES ET UN CAPORAL

FANTAISIE MILITAIRE EN UN ACTE

Par M. B. LEBRETON

Représentée pour la première fois au CONCERT DE L'ÉPOQUE, *le* 1er *Septembre* 1901.

PERSONNAGES

PIVARDON, 45 ans.	MM. TOM TRUCK.
CROUTIN, secrétaire de commissaire de police, 45 ans	MONTJOY.
VERBOIS, caporal d'infanterie	DE LYLLE.
LANDRUCHE, soldat	DELATTRE.
KERBINIOU, soldat.	BLONDIN.
LUCILE, femme de Pivardon	Mmes ANNA GUICHARD.
LA MÈRE BISCUIT.	BRISSAC.
ADELINE, bonne de Lucile	FARGET.

Au camp de Satory, près Versailles.

Mise en scène conforme à la représentation.

L'intérieur d'un poste. — A droite, une table ; de chaque côté de la table un escabeau, au fond gauche un banc. (Un lit de camp si possible). Une porte au fond donnant sur la campagne. Porte 2e plan droite et gauche praticables.

SCÈNE PREMIÈRE

Verbois, Landruche, Kerbiniou. (*Au lever du rideau, 6 heures sonnent au loin à une horloge. Le jour commence à poindre. On entend Verbois crier au dehors*).

Verbois

Gauche... droite... vous ne pouvez donc pas marcher au pas, tas de moules !... (*Il paraît au fond, suivi de Landruche et de Kerbiniou. Ils ont leurs fusils*). (*Criant* :) Gauche ! droite ! halte !... (*Ils s'arrêtent au milieu*).

Landruche, *posant son fusil à terre*, 2.

Chouette ! pas fâché de me dégourdir les pattes !

Verbois, *à Landruche*, 3.

Dis donc, tu ne peux attendre le commandement ?

Landruche

Ah ! non, mon vieux, avec moi ça n' prend pas, j' suis d' la classe !

Verbois, *à Landruche*.

Veux-tu reprendre la position ?

Landruche, *obéissant*.

Oh ! là, là ! depuis huit jours que tu es caporal, tu en fais un foin !

Verbois

Tu sais, je te vais coller deux jours... Rompez !

Landruche, *allant porter son fusil, à droite*.

Pas trop tôt (*Kerbiniou n'a pas bougé*).

Verbois, *à Kerbiniou*.

Quand tu voudras, andouille ?

Landruche

Tu sais bien que c'est un bas-breton. Il comprend mal le français. (*Le bousculant*) Eh ! Kerbiniou, tu peux rompre !

Kerbiniou, 1.

Ah ! rompez ? yan ! yan !... (*Il va poser son fusil près de celui de Landruche puis s'assied sur le banc à gauche et mange un gros morceau de pain*).

Landruche, *s'asseyant*, 3.

V'là tout ce qu'il sait faire !... Bouffer !...

Verbois, *s'asseyant*, 2.

C'est pas pour dire, mais elle est jolie, mon escouade : toi, Landruche, qui ne veux pas en fiche une secousse...

Landruche, *fumant sa pipe.*

Mon vieux, on est d' la classe !

Verbois

Ce breton qui est abruti... Et deux conscrits dans le même genre que je viens de mettre en faction.

Landruche, *blaguant.*

Heureusement que le cabot est d'attaque.

Verbois

Tu peux blaguer, n'empêche que tu n'as jamais pu les décrocher, ces galons.

Landruche

Oh ! la la ! parce que j'en ai pas voulu ! y a trop de turbin.

Verbois

Avec ça qu'on fiche grand'chose dans ce poste !

Landruche

Certainement qu'on pourrait se passer de nous : quatre hommes et un caporal pour garder le magasin d'habillement du camp de Satory.

Verbois

Il est certain qu'un simple pipelet serait suffisant.

Landruche

On n' veut pas les choper les frusques du gouvernement. (*A ce moment, Pivardon et Croutin paraissant au fond, venant de gauche*).

SCÈNE II

Les Mêmes, **Pivardon** *et* **Croutin**.

Croutin, *du fond à Pivardon.*

Est-ce à droite ou à gauche ?

Pivardon, 3. *Il porte des lunettes.*

Je n'en sais plus rien...

Croutin, 2.

Je crois que nous nous sommes égarés dans le bois.

Pivardon

Je vais demander mon chemin à ces militaires.

Croutin

C'est ce qu'il y a de mieux à faire. (*Ils descendent en scène*).

Pivardon, *à Verbois.*

Pardon, caporal, vous connaissez les environs du camp ?

Verbois, 4, *se levant.*

Pardine.

Pivardon

Où se trouve le petit village de Buc ?

Verbois

A gauche... vous lui tournez le dos.

Croutin

C'est ce que je pensais.

Pivardon

Connaîtriez-vous dans cette localité la villa des Crocus ?

Landruche, 5.

Des cocus ?

Croutin, *riant.*

Oh ! ça, c'est drôle ! (*bas à Pivardon.*) Avez-vous entendu, Monsieur Pivardon ?

Pivardon, *de même.*

Monsieur le secrétaire du Commissaire de police, je n'ai pas envie de rire.

Croutin

Moi, non plus ! Si vous croyez que c'est drôle d'être arraché de son lit à cinq heures du matin, pour aller faire un constat d'adultère !

Pivardon

Est-ce que vous vous figurez que ça m'amuse, moi, d'aller constater mon déshonneur ?

Verbois, *à Landruche.*

Qu'est-ce qu'ils ont à marmotter ?

Landruche

Fais pas attention... c'est des maboules !

Pivardon, *à Croutin.*

Enfin, partons-nous ?

Croutin

A vos ordres. (*Il remonte et se heurte contre la mère Biscuit qui paraît au fond. Elle porte un panier où sont des bouteilles de liqueurs, du café et des verres.*)

La mère Biscuit

Faites donc attention !...

SCÈNE III

Verbois, Landruche, Kerbiniou, Pivardon, Croutin, la mère Biscuit

Croutin, 2.

Pardon, ma brave femme...

Les Soldats

Tiens, la mère Biscuit !

La mère Biscuit, 3, *à Croutin, et à Pivardon.*

Vous voulez-t-y prendre quelque chose ? Le matin, à jeun, ça émoustille.

Croutin

Je prendrai bien...

Pivardon, 4.

Nous n'en avons pas le temps.

La mère Biscuit

Vous pourriez offrir quelque chose à ces braves soldats...

Pivardon

Encourager l'ivrognerie ? jamais de la vie ! (*A Croutin.*) Allons, dépêchons ! dépêchons ! (*Il sort.*)

Croutin, *le suivant tranquillement.*

Ne vous pressez pas, vous serez toujours fixé assez tôt ! (*Il sort.*)

SCÈNE IV

La mère Biscuit, 2, Verbois, 3, Landruche, 4, et Kerbiniou, 1

Verbois

Pas [illegible], le civil... (*Imitant Pivardon.*) « Encourager l'ivrognerie ! » Eh bien, mon cocuon, si tu me tombes jamais sous la patte !...

Landruche

Et à moi donc !

La mère Biscuit

Et qu'vous aurez raison, mes enfants !... Vous prenez-t-y quéque chose ?

Landruche

C'est pas l' moment, j'ai pas un radis !

Verbois, *qui s'est fouillé.*

Moi, j'ai de l'argent... Un sou ! Heureusement que c'est demain le prêt !

La mère Biscuit, *montrant Kerbiniou qui dort étendu sur le banc.*

Et votre camarade ?

Landruche

Le breton ? faut voir !

Verbois

Il a reçu un mandat y a trois jours.

Landruche, *passant* 2.

Dans ce cas, il doit avoir encore de la galette. (*Frappant sur l'épaule de Kerbiniou.*) Eh ! la Nigousse !

Kerbiniou, *s'éveillant*, 1.

Hein ? quoi ?... faction ?... (*Il veut aller prendre son fusil.*)

Landruche

Laisse donc ton flingot !... Café... tu payes une tasse ?

Kerbiniou

Yan ! yan !

Verbois, *à la mère Biscuit.*

Yan... Ça veut dire : oui.

Landruche, 2.

Alors, trois tasses.

La mère Biscuit, 3.

Trois tasses... c'est vous qui m'étrennez. (*Elle les sert.*)

Landruche, *buvant.*

C'est tout de même une bonne bête que Kerbiniou. Jamais il ne refuse de payer un verre. Aussi, pour la peine, je lui permets d'astiquer mon fourniment.

Verbois, 4.

Ah ! tu la connais dans les coins !

Landruche

Mon cher, c'est mon bleu, c'est moi que je le forme !

La mère Biscuit, *riant.*

Eh bien, si vous en faites une pratique comme vous !

Landruche

N'faut pas vous en plaindre, puisque vous en demandez, vous, des pratiques !

La mère Biscuit.

Ah ! satané farceur !

(*Depuis un instant, Kerbiniou s'est déchaussé. Il a retiré un chiffon de son soulier).*

Verbois, *le regardant.*

Qu'est-ce qu'il fait ?

(*Kerbiniou retire des sous du chiffon qu'il a déplié*).

Landruche

Ah ! c'est son porte-monnaie !

Kerbiniou, *payant à la mère Biscuit.*

Café... camarades... moi... (*Il gagne ensuite la table n° 4*).

La mère Biscuit, *prenant l'argent.*

Sapristi ! on dit que l'argent n'a pas d'odeur, je vous promets que *la sienne* en a de l'odeur !..

Verbois, *s'éloignant 3.*

Pour sûr ! quel parfum !..

La mère Biscuit, 2.

Vous êtes encore ici pour longtemps ?

Verbois.

On viendra nous relever à 10 heures.

Landruche, 1.

Encore plus de trois heures à se raser !

La mère Biscuit.

Alors on se reverra.

Verbois

Mais je n'avais pas remarqué : vous vous êtes mise en grande tenue.

La mère Biscuit

C'est pour aller voir votre commandant.

Verbois

Ah ! bah !..

Landruche

Est-ce que c'est votre amoureux ?

La mère Biscuit

Pourquoi pas ? c'est un bel homme ! Non, c'est pas à cause de ça. Chaque fois que j'vais sur le terrain de manœuvre offrir mes services à vos camarades, j'ai des embêtements avec les adjudants. Alors, je veux lui demander une permission en règle, à votre commandant.

Verbois

Il vous l'accordera, c'est un brave homme.

La mère Biscuit

C'est pour ça que j' m'ai mise sur mon trente-et-un. A propos, vous n'auriez pas un coin où j' pourrais laisser un instant mes ustensiles?

Verbois

Mais si !

La mère Biscuit

J'peux pas emmener tout ça chez le commandant. On ne lichera rien, au moins ?

Landruche, *riant.*

Tu parles ! Ce qu'on va se fourrer une cuite avec vos liqueurs !..

La mère Biscuit

Ah ! non, pas de blagues !

Verbois

Soyez tranquille, il veut rigoler. Du reste, mettez-les dans ce réduit. (*Il ouvre la porte 2me plan gauche*) Personne n'y touchera, j'en réponds !

La mère Biscuit, *mettant ses paniers dans le cabinet.*

Merci, mon petit caporal... Au fait, si ça vous est égal, je laisserai aussi mon capuchon, il me gêne !

Landruche

Et puis il vous fait perdre de vos avantages.

La mère Biscuit

Tu l'as dit, bibi !

Verbois, *fermant la porte du cabinet.*

Alors, à tout à l'heure.

La mère Biscuit, *sortant.*

A tout à l'heure. Surtout n'lichez rien !

Landruche, *remontant.*

Et bonne chance !

SCÈNE V

Verbois, Landruche, Kerbiniou

Verbois, *1, à Landruche.*

Tu sais, pas de visite aux paniers de la mère Biscuit !

Landruche, *2.*

Pour qui donc que tu me prends ? Tout de même, il m'a remis d'aplomb, son café ! Depuis hier qu'on moisit dans cette baraque...

Verbois

Oh ! ici ou ailleurs...

Landruche

Ah ! non ! j'aimerais mieux être à la caserne à roupiller sur mon pieu !

(*Depuis un instant Kerbiniou, 3, astique son fusil avec acharnement.*)

Verbois *le montrant à Landruche.*

Tiens, regarde Kerbiniou, il est moins flémard que toi !

Landruche

Qu'est-ce qu'il fait ? Il astique son fusil. Il en a un culot ! (*Allant prendre son fusil qu'il remet à Kerbiniou*) Non... non... Astique le mien !

Kerbiniou

Astiquer ?... Yan ! Yan !...

Verbois

Je trouve plutôt que c'est toi qui en as un culot !

Landruche

Laisse donc, ça lui apprend le métier. Et puis à quoi que ça servirait d'être de la classe ?

Lucile, *paraissant au fond et regardant au loin, à part.*

Je crois qu'ils ont perdu ma trace !

SCÈNE VI

Les Mêmes, Lucile

Verbois, *1.*

Regarde donc... une jolie femme !

Landruche, *3, bas à Verbois, lui montrant Lucile.*

C'est-y ta connaissance qui vient te voir ?

Verbois

Elle a l'air embêté !

Lucile, *à part, 2.*

Au fait, si ces militaires pouvaient... (*Entrant*) Messieurs, je vous en prie, rendez-moi un service...

Verbois

C'est que...

Lucile

Je suis certaine que vous ne refuserez pas quand vous connaîtrez mon histoire.

Verbois

Vraiment ?

Lucile, *un peu gênée.*

J'étais allée hier à la villa des Crocus...

Landruche

La villa des Cocus ?

Verbois

Vous aussi ?

Lucile

...Rendre une visite à l'un de vos officiers, je crois, monsieur Aymard.

Landruche et Verbois

Notre lieutenant ?

Lucile

Ah ! c'est votre lieutenant ?

Landruche

Oui, et un chic type !

Verbois

Si tu interromps toujours Madame, nous ne saurons jamais...

Landruche

C'est juste ! (*A Lucile*) Allez-y !

Lucile

Bref, ce matin, mon mari est venu avec un Commissaire de police pour me surprendre chez votre lieutenant.

Verbois

Ce matin ?

Lucile

Oui.

Landruche

Et vous étiez à la villa depuis hier au soir ?

Lucile, *baissant les yeux.*

C'est que... le lieutenant avait des choses très intéressantes à me dire ?

Landruche

Je m'en doute !

Verbois, *à Landruche.*

T'as pas fini d'interrompre tout le temps ?

Landruche

Tu m'embêtes ?

Verbois

Toi, je te colle deux jours avec le motif.

Landruche

Non, ma vieille, ce que je voudrais le lire ton motif !

Lucile

Je vous en prie, ne vous disputez pas ! j'ai besoin de vous, et cela presse !

Landruche

Dans ce cas, on boucle.

Verbois

Et nous sommes tout oreilles.

Lucile

Donc, j'ai failli me faire surprendre par mon mari ; heureusement que le lieutenant m'a fait filer par une fenêtre du rez-de-chaussée. Mais mon mari m'a vue et s'est mis à ma poursuite.

Landruche

Aye aye !

Verbois

Dans ce cas, c'est étonnant qu'il ne soit pas ici !

Lucile

Un incident l'aura arrêté !

Verbois

Mais ça ne nous dit pas ce que vous désirez de nous ?

Lucile

Avant tout, il faudrait empêcher mon mari d'entrer ici !

Verbois

C'est facile. (*A Landruche.*) Va te mettre de faction devant la porte et si...

Landruche

Oh ! non, mon vieux, je sors d'en prendre !

Verbois

Sacré bon sang ! si tu ne veux pas obéir, je te colle deux jours !

Landruche

Encore ! Tu l'as déjà dit.

Lucile

Mais ne vous asticotez donc pas sans cesse !

Landruche

Madame a raison. Tu es toujours sur mon dos.

Verbois

Comment, mais c'est toi...

Landruche

Oui, c'est toi qui... mais c'est moi que... Attends, je vais arranger les choses... (*Appelant.*) Kerbiniou, prends ton flingot, mets-toi devant la porte ici. Si un civil veut entrer, fourre-lui la baïonnette dans l'bidon.

Kerbiniou, *faisant le geste.*

Baïonnette... plou... bon !... (*Il va [illegible] se promène au fond.*)

Verbois, *à Landruche.*

Alors, c'est toi qui commande ici ?

Landruche

Ah ! non... ferme-la ! Madame attend.

Verbois

Parlez, madame, personne ne dira rien [illegible]

Lucile

Ce n'est pas très [illegible] Je ne puis [illegible] ainsi chez moi. Ne pourriez-vous envoyer quelqu'un à mon domicile dire à ma [illegible] de m'apporter un manteau et [illegible] Voici mon adresse. (*Elle prend une carte de visite dans un petit porte-cartes.*)

Landruche, [illegible]

Je vais y aller.

Lucile, *écoutant.*

Chut !... Écoutez ! [illegible]

(*On entend [illegible] de Landruche qui [illegible] avec Kerbiniou.*)

Verbois

Votre mari ?

Lucile

Oui, cachez-moi ! vite ! cachez-moi !.. Ah ! *(Elle entre dans le cabinet 2me plan gauche.)*

Landruche, *passant 1.*

Mon vieux, à toi de manœuvrer !

Verbois, 2.

Pour qui donc me prends-tu ?.. Tu vas voir !..

SCENE VII

Verbois, 2 ; Landruche, 1 ; Pivardon, 4 ; Croutin, 5 ; Kerbiniou, 3.

Verbois, *remontant et parlant au-dehors.*

Qu'y a-t-il donc ?

Kerbiniou, 3, *paraissant et montrant Croutin et Pivardon.*

Eux... forcer consigne.

Pivardon, 4, *sans ses lunettes.*

Du tout, nous ne voulons rien forcer. Seulement...

Croutin, 5.

Nous cherchons...

Verbois, *l'interrompant.*

Vous pouvez entrer. Je suis à vous. Le temps de donner des ordres. *(Croutin et Pivardon entrent. Verbois, bas à Landruche.)* File, et ne te fais pas piger par un officier.

Landruche

T'es bête ! je dirais que je suis envoyé en corvée par le lieutenant Aymard.

Verbois

Alors, dépêche-toi !

Landruche, *sortant par le fond.*

Une bobonne ! bath ! ce que je vais m'occuper ! *(Il sort avec Verbois.)*

SCENE VIII

Pivardon, Croutin

Croutin, *tombant assis*, 2.

Ouf ! je ne suis pas fâché de m'asseoir ! En voilà une expédition !

Pivardon, 1.

J'espère que vous n'allez pas rester assis ?

Croutin

Pardon, je demande à respirer un instant !

Pivardon

Il faut cependant nous hâter d'arriver à Versailles.

Croutin

Oh ! est-ce bien nécessaire maintenant ? votre femme doit être rentrée au domicile conjugal où elle vous attend tranquillement. Et puis, êtes-vous bien certain que c'était elle que nous avons dérangée de son tête-à-tête avec l'officier ?...

Pivardon

Je l'ai reconnue, vous dis-je !

Croutin

Pardon, vous ne lui avez vu que le dos au moment où elle franchissait la fenêtre.

Pivardon

Mais sa voix ? Et ce cri : « Ah ! mon Jocrisse ! »

Croutin, *riant.*

C'est vrai, elle a dit : « Jocrisse »

Pivardon

C'est son mot favori !.. Donc, pas de doute !

Croutin

Dans ce cas, il fallait vous hâter de la rejoindre. Mais vous perdez votre temps à chercher vos lunettes.

Pivardon

Vous êtes bon, vous !.. une satanée branche d'arbre les avait fait sauter. Et sans mes lunettes, je suis plus myope qu'un escargot !

Croutin

Alors, vous n'avez pas retrouvé ?...

Pivardon

Ma femme ? vous le savez bien !

Croutin

Vos lunettes ?

Pivardon

Non... Et ça me gêne !... Enfin, partons-nous ?

Croutin

Si vous voulez ?... (*Ils remontent. A ce moment, Verbois entre avec Kerbiniou qui reste au fond*).

SCENE IX

Pivardon, Croutin, Verbois, Kerbiniou.

Verbois, *à part, les regardant, 1.*

Quel est le mari ? Bah ! ça m'est égal ! (*Haut, descendant*) Où allez-vous donc ?

Pivardon, *2, qui remonte.*

Nous rentrons.

Verbois

Où ça ?

Croutin, *3, de même.*

En voilà une question ? Dans nos domiciles respectifs.

Verbois

Et le service ?

Pivardon, *étonné.*

Quel service ?

Verbois

Allons, ne faites pas les idiots !... Et mettez-vous en tenue ?

Croutin

En tenue ?

Pivardon

Quelle tenue ?

Verbois, *se fâchant.*

Dites donc, si vous voulez jouer ce jeu-là avec moi, ça vous coûtera cher ! (*à Kerbiniou*) Kerbiniou, apporte leurs frusques !

Kerbiniou

Voilà, caporal ! (*Ils entrent un instant au 2e plan droite et revient avec deux pantalons, deux veste et deux képis qu'il pose sur ta table*).

Pivardon

Pardon, j'ai idée que vous confusionnez.

Croutin

Moi, idem... secrétaire de monsieur le...

Verbois, *l'interrompant.*

Je m'en fous ! habillez-vous !..

Pivardon

Jamais !...

Croutin

Allons-nous-en ! (*Ils remontent.*)

Verbois, *criant.*

Kerbiniou, ta consigne !

Kerbiniou, *qui est devant la porte du fond. Il a pris son fusil, croisant la baïonnette.*

Si vous passer... plouf !.. (*Il fait le geste de donner un coup de baïonnette.*)

Pivardon, *reculant.*

Mais ce sont deux fous !

Croutin, *tremblant.*

J'en ai peur !..

Verbois

Vingt dieux ! voulez-vous vous habiller ?

Pivardon

Mais je ne suis plus soldat !

Croutin

Moi non plus ?..

Verbois

Vous n'êtes pas de la territoriale ?

Pivardon

Si, mais de la réserve territoriale.

Croutin

Moi aussi !

Verbois

Justement ! ordre est arrivé ce matin de l'incorporer.

Croutin et Pivardon

Ah ! bah !

Verbois, *mystérieusement.*

Oui, l'empereur du Maroc vient de nous déclarer la guerre. Chut !..

Pivardon et Croutin, *ahuris.*

Ah ! bah !..

Verbois

Maintenant, habillez-vous !

Pivardon

Pardon, c'est invraisemblable, et je voudrais...

Verbois

Prenez garde ! Refus d'obéissance en temps de guerre, je puis vous faire fusiller !

Croutin, *tremblant.*

Fusiller !.. vite, habillons-nous !

Pivardon

Pas du tout, je proteste et je ..

Verbois

Kerbiniou, pique-le !

Kerbiniou, *lardant Pivardon de coups de baïonnette.*

Yan !..

Pivardon, *reculant.*

Ah çà ! est-ce qu'il me prend pour un taureau ?

Croutin

Dame, vous en avez les cornes !

Pivardon

Monsieur Croutin, pas de plaisanteries déplacées, je vous prie.

Verbois

Alors, vous ne voulez pas vous mettre en tenue ?

Pivardon

Laissez donc, c'est une farce ! je lis les journaux et je n'ai jamais vu que l'empereur du Maroc.

Verbois

Alors, vous voulez être plus malin que le ministre de la guerre ? ce que je vais vous en faire bouffer de la boîte !..

Pivardon

Quelle boîte ?

Verbois

La salle de police.

Croutin

A la salle de police !.. moi, un secrétaire de commissaire de police !..

Verbois

Et le colon vous allongera de la grosse.

Pivardon

Quelle grosse ?

Verbois

La prison !

Croutin, *effrayé.*

La prison ! vite.. vite... habillons-nous ! (*il se déshabille.*)

Pivardon, *de même.*

Déshabillons-nous, vous voulez dire ? C'est égal, elle est raide, celle-là !

Croutin, *pleurnichant.*

Oh ! ma femme ! mes enfants ! quand les reverrai-je ?

Verbois

Jamais !

Croutin

Mon Dieu !.. (*Il tombe sur la chaise.*)

Verbois, *appelant.*

Kerbiniou ?

Kerbiniou

Cap'ral !

Verbois, *lui montrant les vêtements de Croutin et de Pivardon.*

Emporte ceci au magasin.

Kerbiniou, *les prenant.*

Yan !... (*Il sort.*)

(*Croutin et Pivardon s'habillent maladroitement en fantassins.*)

SCENE X

Croutin, Pivaron, Verbois, *puis* **Kerbiniou.**

Croutin, 3.

Mes pauvres vêtements ! on me les rendra au moins ?

Verbois, 1.

Oui, après la guerre... si vous n'êtes pas tué !

Croutin

Tué ? je m'y oppose !

Pivardon, *bas à Croutin.*

Mais taisez-vous donc !

Croutin

Vous êtes bon, vous ! mourir en pleine jeunesse !

Pivardon, *de même.*

Moi, j'ai idée que le caporal nous monte le coup !

Croutin

Vous croyez ?

Pivardon

Oui.... je ne sais pas quel est son but, mais il nous monte le cou !...

Croutin

Pouvez-vous croire... un presque sous-officier de l'armée française !

Kerbiniou, *criant du fond.*

Cap'ral, un officier... aux armes !

Verbois, *à part.*

Un officier, bigre ! Pourvu qu'il ne fasse rien rater ?

(*Il prend son fusil et sort avec Kerbiniou.*)

SCÈNE XI

Pivardon, Croutin, *puis* **Lucile.**

Croutin, *regardant partir Verbois.*

Le caporal nous laisse.

Pivardon, *1.*

Si nous en profitions pour filer ?

Croutin, *2.*

Comment, vous voulez...

Pivardon

C'est dans les occasions critiques que l'on reconnait les hommes vraiment doués... Et je suis doué !

Croutin

C'est vous qui le dites.

Pivardon, *vexé.*

Monsieur Croutin !.. (*Changement de ton.*) Avant tout, voyons si personne ne nous surveille ! (*Il remonte et va regarder au fond.*)

Croutin, *ouvrant la porte 2e plan droite.*

Personne !...

Lucile, *ouvrant avec précaution la porte, 1er plan gauche. 1.*

Je n'entends pas de bruit, mon mari doit être parti ? (*Le voyant.*) Ah ! mon Jocrisse ! (*Elle rentre vivement.*)

Pivardon 2, *se retournant.*

J'ai entendu « Jocrisse » ! ma femme est ici !

Croutin, *3, montrant le 2e plan gauche.*

Quelqu'un est entré là !

Pivardon, *allant à cette porte.*

Nous allons bien voir ! (*Il regarde au trou de la serrure.*) Oui, il y a une femme. Je ne vois pas sa figure qui est dans l'ombre, et puis mes lunettes me manquent.

Croutin

C'est bien simple, entrons !

Pivardon

La porte est fermée.

Croutin

Attendez.... (*Il frappe trois coups.*) Au nom de la loi, ouvrez !

(*La porte s'ouvre et Lucile, qui a mis le capuchon de la mère Biscuit, paraît. Elle porte le panier, le capuchon est rabattu sur ses yeux.*)

Lucile, *imitant une vieille femme.*

Bonjour, mes petits enfants.

SCÈNE XII

Les Mêmes, Lucile.

Croutin, *riant, 3.*

C'est la marchande de café.

Pivardon, *1.*

Vous croyez ?

Croutin

Dame, à moins d'être aveugle.

Pivardon

J'avais pourtant bien entendu : « Jocrisse ! »

Croutin

Ce sont les oreilles qui vous auront corné !

Pivardon

Vous m'embêtez avec vos cornes !

Lucile, *2.*

Voulez-vous prendre un café ? ou une petite goutte ?

Croutin

Ma foi, je prendrai bien un peu de café et un petit pain. Je suis à jeun.

Lucile

Voilà ! (*Elle le sert. A Pivardon*) Et vous ?

Pivardon

Hein ?

La mère Biscuit

Je lui avais dit de me remplacer un instant.

Croutin

Pardon, vous avez crié : « au voleur ! »

La mère Biscuit

J'ai crié au voleur, parce qu'elle criait : au voleur ?

Lucile

Et moi, je criais : au voleur, parce que ces militaires refusaient de payer leurs consommations.

La mère Biscuit, *indignée.*

Comment vous avez pris quelque chose et vous refusez de payer ?

Croutin

Nous n'avons pas d'argent !

La mère Biscuit

Vous n'avez pas d'argent et vous lichez toutes mes liqueurs au point que vous êtes saoûls comme des bourriques !

Croutin, *passant 3.*

Des bourriques !...

Pivardon

En voilà une vieille guenon !...

La mère Biscuit

Guenon !.. voulez-vous me payer ?

Lucile, *riant, à part, 4.*

Oh ! ce que je m'amuse !...

SCENE XIV

LES MÊMES, **Verbois**

Verbois, *entrant.*

Qui est-ce qui fait ce potin ?

La mère Biscuit

Ah ! voilà le caporal. Nous allons voir !

Verbois, *il descend 4.*

Qu'y a-t-il donc ? *(Voyant Lucile)* Oh ! la petite femme ! bigre !..

La mère Biscuit

Ils ont liché toute ma marchandise et ils ne veulent pas me payer !

Verbois, *à Croutin et à Pivardon.*

Qu'avez-vous à répondre ?

Pivardon

Puisque vous avez pris notre argent.

Lucile, *bas à Verbois, 5.*

En voici. Payez la vieille, qu'elle parte !

Verbois, *bas à Lucile.*

Bon ! je vais emmener les deux pékins, profitez-en pour filer aussi... C'est le plus prudent ! En attendant, réintégrez votre cachette.

Lucile

C'est mon avis ! *(Elle disparaît au 2e plan gauche en remontant. En passant, elle jette le capuchon sur les paniers.)*

Verbois, *donnant de l'argent à la mère Biscuit.*

Tenez, voilà votre galette, fichez le camp !

La mère Biscuit

Oui, mon petit caporal... je pars ! mais si jamais je retrouve ces polichinelles...

Croutin

Polichinelle !.. moi, un secrétaire de...

La mère Biscuit

C'est vrai, ça ! quand on a pas d'argent, on la garde !.. *(Elle sort en ronchonnant.)*

SCÈNE XV

Verbois, Pivardon, Croutin, *puis* **Kerbiniou**

Verbois, *à Croutin et à Pivardon.*

Maintenant, vous autres, à la corvée !

Pivardon, 1.

Quelle corvée ?

Verbois, 2.

Balayer la route.... ramasser le crottin...

Pivardon

Balayer la route !..

Croutin, 3.

Ramasser le crottin !.. moi, Crottin *(Se reprenant)* Non, Croutin, secrétaire de...

Verbois, *leur donnant à chacun un balai qu'il prend au fond gauche.*

Voilà les outils.

Pivardon

A la fin, je me révolte!.. (*Il jette le balai à terre.*)

Verbois

Ah! c'est ainsi!.. (*Appelant*) Kerbiniou!

Kerbiniou, *entrant. Il a son fusil.*

Cap'ral?

Verbois, *lui montrant Pivardon et Croutin.*

Pique!...

Kerbiniou, *il croise la baïonnette.*

Yan!.. Plouf!..

Croutin, *balayant.*

C'est inutile... j'obtempère! (*A Pivardon*) Balayez donc, puisque la Patrie a besoin de nos bras!..

Pivardon

Sacrebleu! vous me faites avaler de la poussière!

Croutin

C'est mon balai. Quel sale caractère vous avez. (*Il sort fond gauche.*)

Kerbiniou, *lardant Pivardon.*

Aye donc! Aye donc!..

Pivardon

Je balaye! je balaye! (*A part*) Oh! ces prétoriens!

Verbois

Dans la rue... Allez balayer dans la rue!

Pivardon, *à part, remontant.*

Il veut me faire sortir, mais j'aurai l'œil! j'ai entendu « Jocrisse »... Elle est ici!... (*Toussant*) Oh! cette poussière!.. (*Il sort en balayant.*)

Verbois, *le suivant ainsi que Kerbiniou.*

Plus vite!... Plus vite!.. Kerbiniou pique-le.

SCÈNE XVI

Lucile, *seule, entrant du 2e plan gauche.*

Enfin, ils se sont éloignés!... J'en ai assez d'attendre le retour du soldat et de ma bonne!.. C'est trop dangereux! (*Elle remonte*) Je pars... (*Elle regarde au fond*). Pas moyen; mon mari est là... les yeux braqués sur cette porte. Heureusement qu'il n'a pas ses lunettes sans cela, il y a longtemps qu'il m'aurait reconnue. Que faire? comment sortir de cette situation?... Ah! les voici qui reviennent... Déjà? Il faut pourtant prendre une décision!... Si je trouvais une fenêtre, je pourrais l'escalader comme ce matin... j'en prends l'habitude. (*Montrant la porte du 2e plan droite*) Ici peut-être? voyons cela!... (*Elle sort*).

SCÈNE XVII

Verbois, Croutin, Pivardon *et* **Kerbiniou.**

Verbois, *paraissant au fond.*

Est-elle partie? (*Il va ouvrir la porte du 2e plan gauche*) Oui, tant mieux!... Il faut garder mes deux territoriaux jusqu'au retour de Landruche. Ce qu'il tarde cet animal!... Il ne doit pas trouver le temps long, lui, avec la bobonne. (*Appelant au fond*) Venez ici, vous autres. (*Croutin, Pivardon suivi de Kerbiniou entrent*).

Pivardon

C'est dégoûtant! je proteste!...

Croutin

Pouah! j'ai du crottin plein la bouche!... j'en mange! j'en avale!...

Verbois, *1.*

Posez vos balais!

Pivardon, *3.*

Avec plaisir (*Ils jettent les balais à terre*).

Verbois

Voulez-vous les ramasser... Posez-les au fond... nous allons faire l'exercice.

Croutin, *2.*

Quel exercice?

Verbois

Des assouplissements. En attendant que vous ayez des fusils.

Pivardon

Qu'est-ce qu'on va assouplir?

Verbois

Vos jambes, vos bras...

Croutin

Mais je suis moulu, éreinté, vanné!

Verbois

Tant mieux, ça vous vaudra un bon massage.

Croutin

Et dire que c'est à l'empereur du Maroc que nous devons ce massage !

Verbois

Attention ! garde à vos!...

Pivardon et **Croutin** *effrayés.*

Qu'y a-t-il ?

Verbois

Voulez-vous vous mettre en ligne, sacrebleu !...

Pivardon, *3.*

En ligne ?... quelle ligne ?

Croutin, 2.

On va pêcher ?

Verbois

Si vous continuez de faire les idiots, je vais vous faire fourrer en prison !

Croutin

La prison !... Encore ?...

Verbois

Droite alignement ! Les poings sur les hanches... Fixe, faites tomber le poing, (*Croutin et Pivardon font les mouvements très gauchement. Kerbiniou reste au fond l'arme au pied*)

Verbois

Ils manœuvrent comme des gardes-champêtres.

Pivardon

C'est que...

Verbois

Attention ! mouvement vertical des bras, en deux temps... comme ceci : (*Il indique les mouvements.*) Une... deux... Commencez ! (*En manœuvrant Pivardon et Croutin se heurtent.*)

Pivardon

Faites donc attention, monsieur Croutin !

Croutin

Pardon, c'est vous qui... me bousculez !

Verbois

Non, ce que vous êtes tourtes !

Pivardon

Ah ! mais dites donc !...

Verbois

Qu'est-ce que c'est ?... Attention ! Flexion des jambes avec mouvements du bras... en deux temps. (*Il fait le mouvement*) Une... deux... commencez !

Croutin et **Pivardon,** *manœuvrant gauchement.*

Une... deux... une... deux...

Verbois

Oh ! les andouilles ! (*A ce moment, Lucie vêtue en officier sort du 2me plan droite.*)

Verbois, *la voyant.*

Un lieutenant ! (*Criant*) Fixe !.. (*Au commandement, Croutin et Pivardon sont restés immobiles dans la position où ils se trouvaient*)

SCÈNE XVIII

Les Mêmes, **Lucile** (4).

Verbois, *à part.*

D'où diable vient-il ? Il va tout faire rater.

Lucile, *à part, sans les voir.*

Espérons que grâce à ce costume que j'ai trouvé dans le magasin, je pourrai... (*Les voyant*) Encore eux !..

Verbois, *1, à part, faisant le salut militaire.*

Qu'est-ce que c'est que cet officier ?

Pivardon, *qui n'a pas changé de position.*

Est-ce qu'il va nous laisser longtemps dans cette position ?

Croutin, *de même.*

J'en ai des crampes dans les doigts de pied.

Lucile, *à part.*

Si je ne sors pas de cette situation, je suis perdue ! Du toupet ! (*Haut, à Croutin*) Eh bien, est-ce que vous allez me regarder longtemps comme un imbécile ?

Croutin

Mon officier, je ne vous regarde pas comme ça. Au contraire, c'est moi qui...

Lucile

Qui êtes un imbécile, je le sais bien.

Verbois, *à part.*

Mais c'est la petite dame... Oh ! celle-là est pommée !

Pivardon

C'est sa voix !.. c'est elle !..

Croutin *à Pivardon.*

Elle ! qui ?..

Pivardon

Ma femme !..

Croutin

Encore ? vous la voyez partout !

Pivardon

Je vous dis que c'est elle, et si j'avais mes lunettes...

Croutin

Voyons, votre femme n'est pas officier !.. Alors...

Pivardon

Tenez, vous êtes trop bête !

Croutin

Monsieur Pivardon, vos malheurs conjugaux vous rendent insolent !

Lucile

Avez-vous fini de vous chamailler tous les deux, bougres de Jocrisses?

Pivardon

Elle a dit Jocrisse ! c'est elle !..

Verbois, *à part.*

Parbleu ! *(Haut)* Voulez-vous rester immobiles devant un officier !

Pivardon

Ça, un officier ? c'est ma femme !

Tous, *riant très fort.*

Sa femme ! oh ! l'idiot ! le crétin !..

Lucile, *à part.*

Diable ! il insiste ! *(Haut)* Caporal, vous me ferez conduire cet âne à la salle de police !

Verbois

Kerbiniou, tu as entendu ?

Kerbiniou

Yan, cap'ral ! *(A Pivardon)* Arche !..

Lucile

Non, tout-à-l'heure. *(A part)* Il faut que je m'amuse un instant. *(Haut)* Attention ! je vais vous faire manœuvrer !

Verbois, *à part*

Oh ! qu'est-ce qu'elle va faire ?

Lucile

Mouvement de la tête, des bras, et des jambes en même temps.

Verbois, *à part, riant.*

Quelle salade ! *(A Pivardon et Croutin.)* Vous avez entendu ? mouvement de la tête, des bras, des jambes, du dos, du ventre et tout le fourbi en 12 temps...

Lucile

Allez-y !

Croutin et Pivardon, *manœuvrant gauchement.*

Une... deux... trois... quatre... cinq... six...

Verbois, *riant, à part.*

Oh ! que je m'amuse !..

Lucile, *riant.*

Sont-ils grotesques !

Landruche, *entrant vivement du fond.*

V'là la bonne ! *(N° 2.)*

Adeline, *entrant, 5.*

Oui, me voilà. Où est ma patronne ?

Pivardon, *avec force.*

Adeline !.. Ma bonne !..

SCENE XIX

Les Mêmes, **Landruche, Adeline**

Lucile, *à part.*

Patatras ! encore une tuile !..

Verbois, *à part, 1.*

Nous n'en finirons jamais ! *(Bas à Landruche)* Gourde !...

Landruche, *haut.*

Quoi, gourde? Tu m'as dit d'aller chercher la bonne de la petite dame ; j'arrive avec elle, et tu m'engueules !

Verbois, *bas.*

Tais-toi donc ! son mari est là !... *(Il montre Pivardon.)*

Landruche

Ce paquet ?.. Est-ce que je pouvais prévoir...

Pivardon, *à Adeline.*

Que venez-vous faire ici ?

Adeline

Ah ! monsieur sous ce costume !.. Ce que vous avez l'air Jocrisse !

Pivardon

Elle aussi ! Gardez vos appréciations pour vous, espèce de dinde !

Adeline

Dinde !

Lucile, *à Adeline, bas.*

Sois prudente !

Adeline, *la reconnaissant.*

Ah ! madame aussi en soldat !

Pivardon

Ah ! vous voyez bien que c'est ma femme !

Lucile, *à part.*

Cette fois, tout est perdu !

Landruche, *bas, à Verbois.*

Attends ! j'ai trouvé un truc pour arranger les choses. *(Il remonte.)*

Adeline, *à Lucile.*

Vous jouez donc la comédie ?

Pivardon, 2.

Oui, et il y a trop longtemps que ça dure ! j'en ai assez !

Croutin, 3.

Et moi donc !

Pivardon, *à Croutin.*

Monsieur le Secrétaire du Commissaire de police, préparez-vous à verbaliser.

Landruche, *à Pivardon, descendant 4.*

Oh ! n'faites pas tant d'épates ! vous allez encore patauger !

Pivardon

De quoi se mêle ce soldat ?

Verbois

De ce qui le regarde. (*Il fait des signes à Lucile.*)

Lucile

Laissez-le parler.

Landruche

Ce matin, vous avez dérangé Monsieur. (*Il montre Croutin*) Pour piger votre femme chez le lieutenant.

Pivardon

Certainement !

Landruche

Vous faisiez fausse route. C'est moi et Mam'zelle Adeline que vous avez failli pincer.

Pivardon, *incrédule.*

Allons donc !

Landruche

Toutes les nuits, elle venait me rejoindre à la villa des Cocus... (*Se reprenant*) des Crocus.

Adeline

Mais...

Landruche, *bas, à Adeline.*

Taisez-vous donc !

Pivardon

A la villa ? Vraiment ?..

Lucile, *passant, 4.*

Naturellement, puisque ce militaire est le brosseur du lieutenant Aymard.

Pivardon

Cependant, cette nuit, j'ai bien reconnu tes vêtements.

Adeline, *montrant le manteau et le chapeau de Lucile qu'elle porte sur les bras.*

Les voici. C'est moi qui les mettais pour être plus élégante.

Pivardon, *à Lucile.*

Mais ce costume d'officier ?

Lucile

Je l'ai mis pour surveiller Adeline et connaître toute son histoire.

Pivardon, *à Croutin.*

J'ai idée qu'on me roule !

Croutin

Bah ! c'est une habitude à prendre. Ça vous arrivera encore.

La mère Biscuit, *entrant.*

Faut-y du bon café ? D'la bonne goutte ?

Tous

La mère Biscuit !

SCENE XX

Les Mêmes, La mère Biscuit.

Lucile, *à la mère Biscuit.*

Servez à ces messieurs tout ce qu'ils désireront ; c'est moi qui paye !

Tous

Bravo !

Landruche

Et l'on boira à mes fiançailles avec mademoiselle Adeline. (*A Adeline*) Car l'on s'épouse ?

Adeline

Pour sûr !

Lucile, *bas, à Landruche.*

Merci ! (*Haut*) Dire qu'il faut quitter ce costume !.. n'importe, je me souviendrai toujours du temps où j'avais sous mes ordres : quatre hommes et un caporal* !

ENSEMBLE

Air : *En suivant le Régiment.*

Maint'nant nous serions heureux
Si le public joyeux
Applaudissait (*bis*)
Et nous criait :
Nous avons très franchement
Ri de cet amusement
Tous nos bravos pour les acteurs
Et pour l'auteur !

RIDEAU

* *V. 1.— mère B. 2.— C. 3.— P. 4.— Lu. 5. — Lan. 6.— A. 7.— K. 8.*

Vannes. — Imp. LAFOLYE, place des Lices, 2. 1901.

AUTEURS	TITRES DES ŒUVRES	Hommes	Femmes	Prix nets
L. Lefèvre. . .	Dernier verre (Le).	2	1	4
F. Barbier . . .	Deux amours de chandeliers.	1	1	5 »
F. Matz.. . . .	Deux avares (Les) d.	2	1	8 »
Ch. Hubans. .	Deux coqs vivaient en paix..	2	1	6 »
F. Gracia.. . .	Deux estafiers (Les)..	2	»	2 »
Vallès-Garnier.	Deux femmes de M. Grochose (Les).	3	2	loc.
M. Chautagne.	Deux muses (Les).	2	»	4 »
F. Barbier. . .	Deux parfaits notaires (Les).	2	»	4 »
Hervé-Lecocq..	Deux portières pour un cordon d	3	»	4 »
Gribinski. . . .	Déveine (La)	2	2	loc.
Moreau-Boncherat.	Diable au Moulin (Le) . . .	4	8	loc.
Gramet-Talber.	Doigt coupé (Le)	troupe	»	loc.
Léon Laroche .	Domestique pour rire (Un) .	1	1	4 »
Saint-Maurice..	Doubles Vierges (Les) d . .	troupe	»	loc.
L. Bouvet-Lebreton	Drapeau du Régiment (Le) .	5	4	loc
Sourilas. . . .	Drapeau jaune (Le) d. . . .	4	2	4 »
Bouvet-Sevry. .	Dupont et Dupont.	4	3	loc.
Dottin, Boulay-Layrice..	Durifiard	5	2	loc.
L. Bouvet-Schmoll .	Echange de bals.	5	5	loc.
De Lannoy et Lions	Echarpe (L')	4	2	loc.
J. Domerc. . .	Ecole buissonnière (L'). .	3	»	3 »
Yver-Septmons.	Eh ! Ohé ! Ladrupette ! d . .	2	»	loc.
Trebla-Croisier.	Elle ! d.	4	1	loc.
Ed. Lhuillier. .	Elle débute ce soir.	1	1	4 »
Delaruelle. . .	El senor Piflardino.	1	1	6 »
M. de Marzan .	Empire du milieu (L'). . . .	3	2	loc.
Marsay.	En colonne d.	troupe	»	loc.
Lebreton-Moreau,.	Enfant des halles (L') d. . .	3	2	loc.
Jallais Hubans.	Enlèvement des Sabines (L').	troupe	»	loc
Guillemaud-de Marsan..	Enfants d'Edouard (Les) d.	2	3	loc.
Lebreton-Duroc	Enragés d.	4	4	loc.
Villebichot. . .	Entre deux jardins.	1	1	4
Lebreton-Duroc	Entresol d'Eugène d.	4	6	loc.
Garnier-Vallès.	Erreur de Bridouille (L'). . .	3	2	loc.
Banès.	Escargot (L').	2	3	6 »
A. Pajol. . . .	Esprits d'Argenteuil (Les). .	5	2	loc.
P.Pottier R.Dubreuil	Estime du Concierge (L'). . .	2	1	loc.
D. Dihau.. . .	Eternel roman (L').	1	1	4 »
Dourel-Roydel-Tranel. .	Etrennes utiles	3	2	loc.
Garnier-Vallès.	Exploits de Malichard (Les).	6	4	loc.
L.Bouvet-Ch.Darantière	Extras de Balochard (Les). d.	4	4	loc.
St-Paul-G. Rose, fils .	Fais ça pour moi..	3	2	loc.
F. Beauvallet. .	Faites le jeu, Messieurs d. .	3	1	loc.
Moreau-Gramet	Famille Nitouche (La). . . .	3	4	loc.
Lebreton-Moreau.	Farces du Printemps (Les) d.	6	4	loc.
L.Bouvet, J.Serry-Rosès	Faussés queues	6	4	loc.
St-Agnan Choler	Faut du prestige (vaud.) d. .	3	2	loc.
Lebreton-Duroc	Faut que j'casse la g. à Baptiste d	5	3	loc.
G. Rose frère .	Faux cols d'Oscar (Les) . . .	1	2	loc.
De Launoy-Lions. .	Félicité	3	2	loc.
Flers.	Femina d.	troupe	»	loc.
Ch. Gabet . . .	Femme de Valentino (La) d..	2	2	loc.
Moreau	Femmes qui fument (Les) D.	7	8	loo.
F. Chaudoir. .	Fête à Claudine (La). . . .	1	1	4 »
E. Duhem. . .	Fête à M. le Maire (La). . .	5	2	4 »
Guillemaud . .	Feuille à l'envers (La). . . .	4	3	loc.
G.Fortin-A. Doyen	Fiançailles de Toinette (Les) d	1	1	loc.
Dorfeuil-Bouvet	Fiancé des Nourrices (Le) d.	4	5	loc.
Javelot.	Fiancés berrichons (Les). . .	1	1	3 »
Soulié	Fiancés du bonnet de coton (Les)	1	1	5 »
L. Vasseur. . .	Fichue idée d.	2	1	5 »
Brigliano-Talber. .	Fichue situation d.	4	4	loc.
Liouville. . . .	Fièvre phylloxérique (La). .	3	2	4 »
Bertrié	Fille du charpentier (La). .	3	1	5 »
Lebreton-Moreau .	Fille du marin (La) d. . . .	8	7	loc.
Dourel, Roydel, E. Hervé.	Filles de Cornenville (Les)	4	7	loc.
Lebreton-Soudant.	Filles de la Cantinière (Les) d	7	4	loc.
Lebreton. . . .	Filles de Charcutier (Les) . .	3	3	loc.
Lebreton-Moreau. .	Fils à Papa (Le) d.	4	7	loc.
Lebreton-Moreau. .	Fils de Gouape	4	4	loc.
Chaulieu et Battaille	Fils de M. Alphonse (Le) (vaud.) d.	5	2	loc.
Duroc-Mailfait.	Five O'Clock de la Baronne.	7	2	loc.
Villebichot. . .	Fleuriste et typographe. . .	1	1	5 »
Lebreton-Talber	Foire aux nichons (La) d. .	7	7	loc.
Pradels-Quinel.	Fosse aux ours (La).	4	4	loc.
Lemonnier. . .	Françoise les bas bleus d.	troupe	»	loc.
Moreau-Soudant	Francs-tireurs de la mort (Les)	troupe		loc.
Lebreton-Beissier. . .	Frangine (La) d.	7	6	loc.
Lévy-Merset. . .	Fantrognon d.	8	11	loc.
Lebreton-Moreau .	Frère de lait (Le)	1	2	4 »
Carin-Tomy. .	Friper's and Co d.	5	9	loc.
Lebreton-Moreau. .	Friquet d.	9	7	loc.
Cieutat.	Furet (Le).	»	1	4 »
Moreau-Touzé .	Gai gai mariez-vous !	4	3	loc.
Moreau-Darsay .	Gaîtés du bastion (Les) . .	5	3	loc.
L. Bouvet et Arribat. .	Garçonnière de Dutocard (La)	3	3	loc.
Seraine	Garde champêtre de Corneville (Le)	1	»	1 »
Lebreton-St-Paul . .	Gontran se marie.	3	2	loc.

AUTEURS	TITRES DES ŒUVRE	Hommes	Femmes	Prix.
Froyez-Colias. .	Grand Duc Moleskine (Le) d.	6	6	loc.
Lefort.	Grand papa de la chanson (Le) d	1	1	3 »
Rose fils et Ryvez.	Greffeur (Le).	4	3	loc.
Lebreton-Blairat. .	Grenouille (La) d.	4	2	loc.
Hervo-Merki . .	Grève des Boulangers (La). .	5	»	1 »
Moreau-Marcus.	Grève des facteurs (La). . .	2	2	loc.
M.-Brisac . . .	Guerre aux hommes (La) d.	6	7	loc.
Lebreton-Nicolaïe.	Gueule d'Or d	6	6	loc.
Lebreton-Moreau .	Héritière des Carapattas (L') d	8	8	loc.
C.Roland-A.de Lorde	Hermance a de la Vertu, 2 actes d	2	1	loc.
Villebichot. . .	Hirondelles de la rue (Les).	»	2	3 »
Rose fils. . . .	Homme explosible (L') . . .	2	2	loc.
Lebreton-Blairat	Homme pâle (L') d.	4	2	loc.
Lebreton-Duroc.	Hôtel d'Artistes d.	troupe	»	loc.
Lebreton-Duroc	Hôtel de Noblepanne d. . .	4	4	loc.
St-Paul-Rose fils .	Hôtel des Fantômes (L'). . .	3	1	loc.
Darantière et Bouvet	Hôtel du lac bleu (L') d. . .	7	6	loc.
Dourel-Roydel-Jost. . .	Hôtel modèle d.	7	7	loc.
H. Barbé-de Téramond	Huissier des bons jours (l') ..	3	2	loc.
Antigeon-Dourel. .	Hypnotiseur malgré lui (L') d	3	2	loc.
Mize-Bernède. .	Idées de M. Coton (Les) d.	3	2	loc.
C. Roland . . .	Il était une fois d	1	1	loc.
Bessière-De Noter. .	Ile de Nénuphar (L')	5	2	loc.
De Lannoy et Lions.	Indispensable (L').	2	2	loc.
Briollet et Arnould	Invalide à la tête de bois (L')	7	2	loc.
Moniot.	Jacotte	1	1	5 »
Liger-Aubrun .	J'ai perdu Virginie.	3	1	loc.
Nargeot	Jeanne, Jeannette et Jeanneton d	2	3	8 »
Michiels	Jefque et Trinne.	1	1	4 »
St-Paul	J'en ai plein le dos	2	1	loc.
Lebreton-Soudant. . .	J'épouse ma bonne d	5	4	loc.
A. Perronnet. .	Je reviens de Compiègne. . .	»	1	4 »
Yvel.	Jeune homme du Tunnel (Le) d	3	3	loc.
Bernicat. . . .	Jeunesse de Béranger (La). .	3	1	6 »
Lebreton-Moreau. .	Jocrisses du mariage (Les) d.	troupe	»	loc.
S. Lebreton. .	Joies du divorce (Les) d . . .	troupe	»	loc.
L. Collin. . . .	Journée aux soufflets (La).	1	1	4 »
J. Férol	J'teux de sorts (Le).	7	4	loc.
Fransois-Derys.	Jules d	1	1	loc
Herpin.	Ki-Ki-Ri-Ki d.	troupe	»	loc.
Soudant. . . .	Lâchée.	5	1	loc.
Desormes. . . .	Leçon de musique (La). . . .	1	1	4 »
J. Clérice. . . .	Léda d..	troupe	»	loc.
St-Paul. . . .	Leroy s'amuse	3	3	loc.
A. de Lorde . .	Lettre (La) d	1	2	loc.
Cazanéuve. . .	Loi du pal (La) d.	troupe	»	5 »
Barbé	Loup et l'Agneau (Le). . . .	3	3	loc.
Herpin.	Lune de Miel (La) d.	troupe	»	loc.
L. Péricaud et Villemer	Lune de Miel normande. . .	1	1	1 »
Moreau-Gramet.	Ma Colonelle.	2	2	loc.
Clairville fils. .	Madame la baronne d. . . .	1	1	4 »
Wachs.	Madame le docteur..	2	1	4 »
Tarnemo -Celval du Théou. . . .	Madame Tubéreuse d. . . .	10	9	loc.
Lebreton-St-Paul .	Mademoiselle le Docteur. . .	3	2	loc.
V. Roger. . . .	Mademoiselle Louloute.. . .	2	2	5 »
C. Fiévet H. Piquet.	Magicien (Le) d.	3	1	loc.
Bessière-Marinier..	Maire et Martyr d.	3	2	loc.
Talexy.	Maître Grelot.	4	1	7 »
Levavasseur . .	Major Baitapoil (Le).	3	4	loc.
Bouvet.	Major Purjotin (Le).	4	3	loc.
Moyne-Jacoutot . .	Mamzelle Claudinette d. . .	3	2	loc.
T'ar Nemo-Celval..	Mamzelle Culot.	troupe	»	loc.
De Lajarte. . .	Mam'zelle Pénélope d. . . .	3	1	7 »
De Champelos-Jacquin	Mamz'elle Phryné.	3	1	loc.
Fransois	Mandat (Le) d.	7	3	loc.
De Lorde-C. Roland	Ma Négresse.	1	2	loc.
L. Bouvet et Dottin .	Mannequin (Le)	3	2	loc.
Jan Pierre et Morelo	Manœuvre électorale	3	»	loc.
De Marsan. . .	Mariage d'Agénor (Le) . . .	5	5	loc.
Jouhaud. . . .	Mariages riches.	1	1	3 »
Moniot.	Marianne et Jeannot d. . . .	1	2	8 »
Tollet-Frot . .	Marié sans l'être.	4	»	3 »
Moreau-Duroc..	Maris jaloux (Les).	5	2	loc.
Simiot.	Mariés de Nanterre (Les).. .	1	2	4 »
Beissier-Sciama	Mars et Vénus	3	2	loc.
Millou.	Matinée du Prince (La) . . .	4	5	loc.
Moreau-Bouchérat.	Médjidié (Le).	3	1	loc.
Gresset-Bernard	Méfiez-vous d'Oscar d.. . . .	3	2	loc.
E. André. . . .	Melon (Le) (monologue saynète)	1	»	2 »
Moreau-Darsay.	Ménage Poire (Le).	2	2	loc.
Desormes. . . .	Menu de Georgette (Le). . .	3	2	8 »
Ch Gabet . . .	Mérite des femmes (Le) d	4	1	loc.
Soudant-Moreau	Mimi Vadrouille	troupe	»	loc.
P. Achard et P. de Pitray	Minuit et demi d.	1	1	loc.
Lebreton-Moreau. .	Miss Kissmy d.	5	5	loc.
Beissier. . . .	Miss Million d.	troupe	»	loc.
Mayrargue. . .	Modern Styl	2	2	loc.

AUTEURS	TITRES DES ŒUVRES	Hommes	Femmes	Prix nets
essier-Moreau.	Môme aux Camélias (La) d. .	troupe	»	loc
essière-Ruffier	Môme aux grands yeux (La) d	8	6	loc
hassaigne. . .	Monsieur Auguste d.	1	1	3 »
arnier-Vallès .	Monsieur ma belle mère. . .	2	3	loc
ebreton-Moreau.	Monsieur Sans Gêne d. . . .	troupe	»	loc
airal-Neuzillet . .	Mouche (La) d.	5	7	loc
oreau-Touzé .	Mouche du Coche (La). . . .	4	2	loc.
ariot, Chantecla- Luvard. . . .	Moulin d'Amour (Le)	5	3	loc.
Joly.	Myope et presbyte d.	1	1	4 »
Desormes. . .	Nègre de la Porte St-Denis (Le)	3	3	3 »
Dorfeuil-Moreau. .	Nez de Cyrano (Le) d. . . .	troupe	»	loc.
E. Lhuillier. . .	Nez enchanté (Le).	1	1	3 »
Lebreton-Blairat	Ninie la Rouquine d	5	3	loc.
Berpin.	Noce à Grospoulot (La). . .	5	7	loc.
F. Barbier. . .	Noce à Suzon (La)	1	1	4
E. Beissière-Noter	Noces de Lambiston (Les). .	5	2	loc.
L. Collin. . . .	Noces d'or (Les).	2	1	5 »
Sachs-Damiens-Neuzillet. . .	Nombrikatus 1er D	5	7	l. c.
Moreau-Rivaux.	Nommé Faluche (Le)	1	2	loc.
De Marsan. . .	Non Lieu.	3	»	loc.
Bouvet-Darantière .	Nos bons touristes d. . . .	5	4	loc.
Lebreton-Beissier . .	Nos Marsouins en Chine d. .	7	4	loc.
Moreau-Gromet.	Nos petites Chattes.	3	3	loc.
Dorfeuil-Guillemaud-Duharnois. . .	Nos pioupious d.	6	4	loc.
Lebreton-Moreau. .	Nos voisins d.	6	6	loc.
V. Roger. . . .	Nourrice de Montfermeil (La)	2	3	6 »
Ch. Gabet . . .	Nouvel Achille (Le) (vaud.) d	5	1	loc.
Touzé Prud'homme	Nuit de Noces de Beauflanchet	6	4	loc.
Jacobi.	Nuit du 15 octobre (La) d. .	3	1	6 »
A. de Lorde . .	Old Nubian's Black ! d. . .	1	2	loc.
Rose père . . .	Omelette au lard (L')	4	2	loc.
Dédé fils. . . .	Oncle et Neveu.	3	»	3 »
Louis Bouvet. .	Oncle Maboulin (L').	4	4	loc.
Marc-Sonal-Gréhon . .	On demande des jolies femmes	6	11	loc.
St. Paul. . . .	On parle Anglais.	5	6	loc.
Bessière-Ruffier	Ordonnance Bezuchet (L') . .	2	2	loc
St-Paul-G. Rose, fils .	Ordonnance malgré lui. . .	3	2	loc.
Berthelot-Roland .	Othello chez Thaïs d	4	10	loc.
Pacra Emmecé.	Où est le père.	8	4	loc.
Dufils.	Paille et la Poutre (La). . .	»	2	6 »
Boulay-Layrice.	Palmé D	4	5	loc.
Billemont. . . .	Pantalon de Casimir (Le). .	1	1	6 »
A. Petit.	Par autorité de Justice d. .	7	9	loc.
Dorfeuil-Moreau	Paris aux Courses d. . . .	troupe	»	loc.
Febvre-Gréhon.	Paris sans tailleurs	7	7	loc.
F. Barbier. . .	Par la fenêtre.	1	1	4 »
Lambert-Lebreton .	Par la Gymnastique d. . . .	2	2	loc.
Henry Moreau. .	Partie de Campagne d. . . .	troupe	»	loc.
Ed. Lhuillier. .	Pasquinette.	1	1	3 »
Bénédite-Jancourt.	Pays Vierge (le) d.	8	4	loc
Rose, fils . . .	Peintre de talent	2	3	loc.
Moreau-Darsay.	Pension Carabin (La). . . .	5	4	loc.
L. Bouvet. . .	Pensionnat St-Amour (Le) .	4	4	loc.
Albert Lambert.	Père Suroit (Le) d	3	1	loc.
Offenbach-Roques .	Péri-Colle (Parodie de Périchole).	2	1	2 50
Lebreton-St-Paul .	Péril jaune (Le).	2	2	loc.
Perrault-Maty .	Perruche de ma femme (La) d	4	3	loc.
Tréblat-St-Cyr .	Personne.	2	1	loc.
Bouvet-Schmoll	Petit Assommoir (Le) d. . .	6	6	loc.
L. Collin. . . .	Petit Spahi (Le).	3	3	5 »
Lebreton-Moreau. .	Petite baronne (La) d. . . .	6	9	loc.
Bouvet-St-Paul.	Petite fifi (La).	3	3	loc.
Linas.	P'tite bête vit encore (La) d.	1	1	4 »
Lebreton-Moreau.	Petite colonelle (La) d. . .	7	3	loc.
Gribinski . . .	Petite Etoile	3	2	loc.
Lebreton-Moreau .	Petites Menichons (Les) d.	troupe	»	loc.
A. Petit. . . .	Petits lapins (Les) d. . . .	4	9	loc
Maurey et Jimbu	Petits Trottins (Les) d . .	5	6	loc.
Lebreton-Moreau.	Petits Zouzous (Les) . . .	troupe	»	loc.
. Clérice. . . .	Phrynette d.	5	9	loc.
Guillemaud . .	Piano à tous les étages . . .	3	1	loc.
Metral-Tarneuso-Gilard .	Pichard d.	3	2	loc.
André. . . .	Picotin (Le).	1	2	loc.
Lebreton-Beissier .	Piston de Clémentine (Le). .	3	2	loc.
Schmoll . . .	Pitou.	3	2	loc.
A. Alavoine. .	Plumechat et Cie d	4	6	loc.
A. Barbé . . .	Plus que 1089 jours	3	»	loc.
F. Barbier. . .	Points jaunes (Les).	1	1	5 »
Desfosses-Piccolini.	Pommes d'amour (Les) . .	6	4	loc.
Binoh-Verdellet	Pompier d'Endoume (Le) .	troupe	»	loc.
Fressel-Bernard-Lelorey	Pompier d'Ernestine (Le) d .	2	2	loc.
Antigeon-Dourel. .	Poste restante 222 d.	1	3	loc.
F. Barbier	Poupée automate (La) . . .	1	1	5 »
St-Paul-G. Rose, fils.	Pour avoir la fille.	4	3	loc
Fay.	Pour qui le gosse ?	2	3	loc.
Lebreton-St-Paul	Pour qui votait-on ?	4	2	loc.
A. Lambert. .	Première brouille (La) comédie.	»	1	loc.
Couturet. . . .	Premières amours d.	4	1	loc.
F. Barbier .	Premières armes de Parny (Les)	1	3	5 »
G. Rosefils-H. Ryvez.	Prestige de l'uniforme (Le) .	4	2	loc.
Moreau. . . .	Professeur de chant (Le). .	1	1	3 »
De Ste-Croix. .	Pygmalion d.	1	2	4 »
Lebreton. . . .	Quatre hommes et un Caporal . .	5	3	loc.
Garnier-Héros. .	Queue du Diable (La) d. . .	troupe	»	loc.
Delilia-Héros. .	Qui va à la Chasse.	2	2	loc.
L. Collin. . . .	Qui se dispute s'adore. . . .	1	1	3 »
Ch. Lecocq . .	Rajah de Mysore d	troupe	»	8 »
Villebichot. . .	Réponse du Berger (La). . .	1	1	4 »
Millou.	Repos du dimanche (Le) d. .	2	1	loc.
Moche.	Retour de Colombine (Le). .	2	1	4 »
Jacoutot. . . .	Retour de Kerdrec (Le). . .	2	1	4 »
Meugé.	Retour de Margotte (Le). . .	1	1	4 »
L. Collin. . .	Retour de Musette (Le). . .	1	1	4 »
Antigeon-Dourel. .	Revanche de Verluisant (La) d	5	2	loc.
Antigeon-Dourel-Hoydel	Revenants (Les) d	3	3	loc.
Marsèle-A. de Lorde.	Rêves d'un soir	1	1	loc.
Lebreton. . . .	Revue à l'envers (La)	4	4	loc.
St Paul.	Revue interdite.	4	4	loc.
Guillemaud. . . .	Rien des Agences d.	3	2	loc.
Lhuillier. . . .	Risette	»	1	1 »
Ch. Thony. . .	Robes et Manteaux d. . . .	5	9	loc.
F. Chaudoir. .	Roi Claquette (Le) d.	3	3	6 »
Yvel et Briollet	Roi Koku (Le)	troupe	»	loc.
Desormes . . .	Roland furieux.	3	1	5 »
L. Desormes. . .	Romance impossible (La). .	2	»	2 »
Busnach. . . .	Rosière de Valentino (La) d.	2	3	loc.
Michiels	Rosière d'Interlaken (La).	1	1	4 »
Ch. Gabet. . . .	Ruy Black (v.) d.	7	6	loc.
Claments. . . .	Saint-Yvon (La) d.	2	1	5 »
L. Lottin . . .	Sauvage malgré lui.	3	2	loc.
Ch. Lecocq. . .	Sauvons la caisse d.	1	1	6 »
Batral-Febvre-Bonnamy.	Septième Escouade (La) d. .	8	7	loc.
Darantière-Bouvet.	Sergent Sans-Souci (Le) d. .	6	6	loc.
R. Planquette .	Serment de Mme Grégoire (Le) .	1	1	8 »
Lebreton-Soudant .	Serment du marin (Le) d . .	4	2	loc.
Lebreton-Moreau .	Signe de Léda (Le) d. . . .	8	8	loc.
Ouvier.	Simone et Boquillon. . . .	2	1	5 »
Lebreton-St, Paul.	Singeries de l'Amour (Les). .	5	5	loc.
Lebreton-Duroc.	Soir de Noce d.	4	4	5 »
Mailfait.	Soirée bourgeoise.	2	2	loc.
Leserre.	Soirée d'amateurs. . . pochade	5	»	1 »
Lebreton-Moreau . . .	Soldat I.	5	5	loc.
H. Gilbert . . .	Son Amant	2	1	loc.
Bernard-Gresset	Souffleur par amour d. . .	3	1	loc.
Meyan	Soupirs du cœur.	3	2	5 »
Briollet-Tinant.	Source merveilleuse	4	2	loc.
Damaré-P. Laurey.	Sous-Préfet de Pézenas (Le).	4	2	loc.
Ch. Malo. . . .	Souviens-toi de Clémentine .	2	1	4 »
Moreau-Darsay.	Spiritisme des Familles . . .	4	4	loc.
Tac-Coen. . . .	Suzette, Suzanne et Suzon .	1	3	loc.
C. Roland et P. Berthelot	Symphonie en Jaune mineur d .	1	1	loc.
Levavasseur . .	Tante d'Amérique (La) . . .	3	3	loc.
C. Roland. . .	Ta pomme Paris	3	10	loc.
Wachs.	Tata chez Toto	2	1	4 »
Lempereur et Primard	Témoin (Le).	3	1	loc.
Lambert-Lebreton .	Terre-Neuve d.	3	5	loc.
Marc Sonal . .	Théophile.	2	1	loc.
Chassaigne. . .	Toc.	2	2	loc.
Hervé.	Toinette et son carabinier. .	2	1	5 »
Bessier-de Gorsse. .	Tonton d.	3	3	6 »
Blanchard de la Bretesche	Torero de Lolotte (Le). . .	5	5	loc.
Wachs.	Totor et Titine	1	1	loc.
Hubans	Tour de Moulinet (Le) d. .	2	1	8 »
Bouvet-Febvre.	Tournée Cabotin (La) . . .	3	3	loc.
F. Lémon-L. Schmoll	Tous Maires	7	5	loc.
Cartier.	Train des Maris (Le) . . .	2	2	4 »
Moreau-Duroc .	Tranquil'hôtel.	5	4	4 »
Moreau-Darsay.	Trente mille francs par an. .	2	2	loc.
Lebreton-Moreau .	Treize jours d'un Parisien (Les) d.	troupe	»	loc.
Lebreton-Moreau. .	Treizième spahis (Le) d. . .	troupe	»	loc.
Ch. Gabet . . .	Trésor des Dames d.	2	1	loc.
Lebreton-Moreau	Trio de troupiers d.	7	5	loc.
O. Lebreton-J. Lebreton	Trois Cousins (Les) d. . .	5	3	loc.
Lebreton Téramond	Trois Gosses (Les).	4	4	loc.
Bouvet.	Trois hercules pour une femme	3	2	loc.

AUTEURS	TITRES DES ŒUVRES	Hommes	Femm.	Prix nets
Bessière	Troisième du trois (La)	6	6	loc.
Lebreton-Moreau	Trois Maçons (Les) d	4	1	loc.
Guilleaume-de Marsan	Truc de Binoche (Le)	3	2	loc.
Lambert-Lebreton	Truc du Pharmacien (Le)	4	1	loc
L. David	Tu l'as voulu d	1	1	»
Héros-Jost	Tziganie dans les Ménages (La) d	troupe	»	loc.
Javelot	Un amour d'épicier	1	1	» »
Bessière	Un attentat au bois	2	2	loc.
Cardet-Lannoy	Un bon ami	2	1	loc.
D. Fay	Un bon tuyau	9	4	loc.
P. Henrion	Un charcutier dans les fers	1	1	» »
Chassaigne	Un Coq en jupons	1	1	» »
Banès	Un do malade	2	1	» »
Wachs	Un domestique pour rire	1	1	» »
Moreau-Gramet	Un dragon pour deux	3	2	» »
L. Roy	Un épicier peu commode	4	2	loc.
G. Laurens	Un futur sur le gril	2	1	» »
Ch. Malo	Un gendre à poigne	2	2	» »
H. Levavasseur	Un grand criminel	4	2	loc.
Péricaud	Un hercule qui ne veut pas se rouiller	2	1	» »
St Paul	Un jour d'audace	4	2	loc.
Cambillard	Un mariage à la force du poignet	1	1	1 »
Ch. Malo	Un mariage au flageolet	1	1	1 »
Dauphin	Un mariage en Chine d.	4	1	1 »
F. Bernicat	Un mari à l'essai	1	1	1 »
Péricaud	Un mari en grande vitesse	3	1	1 »
Moreau-R. Parault	Un mari somnambule	2	2	loc.
L. Collin	Un mauvais conscrit	2	»	1 »
Blanchard de la Bretesche	Un mois de clou d	3	2	loc.
Chassaigne	Un 1er jour de ménage	1	4	1 »
Mayrargue	Un Sauvetage	3	3	loc.
F. Barbier	Un souper chez Mlle Contat	»	2	» »
Bernicat	Une aventure de la Clairon	2	2	1 »
Lebreton-Blairat	Une Consultation d	4	3	loc.
Garnier-Vallès	Une Corbeille de Noce	5	3	loc.
E. André	Une drôle de Marquise	2	1	1 »
Claments	Une étoile d'antichambre d	2	1	1 »
Jouhaud	Une femme du quart de monde	2	1	1 »
Villebichot	Une femme qui bégaie d	3	2	1 »
L. Roques	Une femme tombée du Ciel	1	1	1 »
Villebichot	Une fille à trucs	3	1	1 »

AUTEURS	TITRES DES ŒUVRES	Hommes	Femm.	Prix nets
Lionville	Une fille en loterie	2	1	1 »
Touzé-Monjardin	Une intrigue chez les Mouchamiel	2	1	loc.
Desormes	Une lune de miel normande	1	1	1 »
L. Collin	Une mariée sans mari	1	1	1 »
Ed. Lhuillier	Une marine à la vapeur	1	1	3 »
Desormes	Une mauvaise connaissance	3	2	[illegible]
Moreau-Darsay	Une mauvaise nuit	2	2	loc.
Moreau-Dorfeuil	Une nuit de Paris d	troupe	»	loc.
Bouvet-G. H.	Une nuit chez les Gratouillot d	4	3	loc.
Duhem	Une partie à Robinson	2	2	1 »
L. Martin	Une partie de pêche	5	4	loc.
Wachs	Une pleine eau à Chatou	2	1	1 »
Bernicat	Une poule mouillée	1	1	1 »
Lebreton-St-Paul	Une Rosserie	2	2	loc.
De Paniagua	Une sale Histoire d.	3	2	loc.
Chassaigne	Une table de café	2	[illegible]	1 »
Robillard	Une tempête conjugale	1	1	1 »
Liger-Aubrun	Urticaire (L')	4	4	loc.
Habrekorn-Lataurette	Vache à Palu (La) d	4	3	loc.
R. Planquette	Valet de cœur (Le)	1	1	1 »
St-Paul	Vase de Soissons (Le)	3	2	loc.
J. Walter	Végétariens (Les) d	7	2	loc.
Robillard	Vengeance de Ramolli (La)	2	3	4 »
L. Roques	Vénus infidèle ([illegible]) d	1	2	1 »
Autigeon	Vie de garçon (La) d.	6	18	loc.
Lebreton-Moreau	Vierges du chahut (Les) d.	5	10	loc.
Bouvet-Arribat	Vieux, le Melon et le Rat (Le)	4	3	loc.
Desgranges	Vieux Sorcier (Le) d.	3	2	6 »
	Villa des Gaffes (La). d	5	»	loc.
Lebreton-St-Paul	Vingt-cinq minutes d'arrêt	2	2	loc.
Burani-Planquette	Vingt-huit jours de Champignolette d	6	1	loc.
Vallès-Talber	Vingt-huit jours de Gorenflot (Les)	7	3	loc.
Raicée-Bordeaux	Vive la Classe d	6	8	loc.
Normand-Vallès	Vive les Bleus	7	5	loc.
Lebreton-Moreau	Vocation d'Isoline (La)	1	2	5 »
Jacobi	Voilà l'plaisir, mesdames	1	[illegible]	[illegible]
Ch. Hubans	Voiture à vendre d.	2	[illegible]	[illegible]
Lebreton-Moreau	Volontaire de 92 (Le) d	7	[illegible]	[illegible]
Tac-Coen	Volontaire et vivandière	1	1	1 »
P. Talber-Delattre	Volupté des dames (La)	4	3	loc.
Guy-Nory-Marius	Zidore d	6	[illegible]	loc.

Livrets d'opérettes et de vaudevilles, net : 1 franc.

Vannes. — Imp. LAFOLYE frères

www.ingramcontent.com/pod-product-compliance
Ingram Content Group UK Ltd.
Pitfield, Milton Keynes, MK11 3LW, UK
UKHW021030220726
13924UKWH00001B/228

9 782019 931339